THIS LOGIC PUZZLES BELONGS TO

....

....

....

ANIMALS IN ENGLISH
LOGIC PUZZLES

Amphibians

```
f p r z d d h k u q l
c t x e o a i g b j a
n w a p s g o r f g m
i v k n o x u t q r b
t a d p o l e j f l i
n o s v g y r r p m z
e t x b w e o a d j c
w t k g b g h u p m l
t d j n s v y o a f z
r x c w e g t v m r d
z x p o i q l b k y j
```

frog
frogspawn
newt

tadpole
toad

ANIMALS IN ENGLISH LOGIC PUZZLES

Amphibians

f	p	r	z	d	d	h	k	u	q	l
c	t	x	e	o	a	i	g	b	j	a
n	w	a	p	s	g	o	r	f	g	m
i	v	k	n	o	x	u	t	q	r	b
t	a	d	p	o	l	e	j	f	l	i
n	o	s	v	g	y	r	r	p	m	z
e	t	x	b	w	e	o	a	d	j	c
w	t	k	g	b	g	h	u	p	m	l
t	d	j	n	s	v	y	o	a	f	z
r	x	c	w	e	g	t	v	m	r	d
z	x	p	o	i	q	l	b	k	y	j

frog
frogspawn
newt

tadpole
toad

Arachnids

x	z	t	i	e	g	d	c	n	v	u
p	b	a	o	k	w	h	s	f	j	y
q	m	r	s	p	l	c	o	u	a	d
b	s	w	a	c	o	g	r	l	f	i
s	x	v	j	r	e	z	u	y	v	w
n	p	f	p	i	a	t	k	d	g	h
x	m	i	j	s	n	u	p	z	t	e
r	o	p	d	a	l	i	n	w	x	q
n	d	e	r	e	y	k	z	r	j	o
v	t	a	a	f	r	l	j	i	h	f
u	t	e	t	r	z	n	b	a	q	d

scorpion
spider
tarantula

Animals in English Logic Puzzles

Arachnids

scorpion tarantula
spider

Birds

```
o u i r h g e l k n m
p d a q b x v w s y f
i d a z u g x v r i b
g f r l c a n a r y e
e p j i b o h m c p z
o s y i b a o e d t o
n h d r w k t k b v m
k d v o f s c r c m g
y o r q p w e a o u z
k c c x i t l f l s c
b w d o v e a v k b s
```

albatross
biddy
blackbird
canary

crow
cuckoo
dove
pigeon

Animals in English Logic Puzzles

Birds

```
o u i r h g e l k n m
p d a q b x v w s y f
i d a z u g x v r i b
g f r l c a n a r y e
e p j i b o h m c p z
o s y i b a o e d t o
n h d r w k t k b v m
k d v o f s c r c m g
y o r q p w e a o u z
k c c x i t l f l s c
b w d o v e a v k b s
```

albatross
biddy
blackbird
canary
crow
cuckoo
dove
pigeon

Birds 2

```
p i g d z y k q g h
m n u r b k x o c h
a c l v w f o q c j
k r l a v s b n a t
m e h k e d i l n w
o e a h b f r a o n
p m o g n i m a l f
w d j l l e s u s j
h d i n y e g l u e
k w n o c l a f x c
```

duck
eagle
falcon
finch

flamingo
goose
gull
hawk

ANIMALS IN ENGLISH LOGIC PUZZLES

Birds 2

```
p i g d z y k q g h
m n u r b k x o c h
a c l v w f o q c j
k r l a v s b n a t
m e h k e d i l n w
o e a h b f r a o n
p m o g n i m a l f
w d j l l e s u s j
h d i n y e g l u e
k w n o c l a f x c
```

duck
eagle
falcon
finch
flamingo
goose
gull
hawk

Birds 3

```
q y p s k f w r l n w m
o i u g b v j a c e t z e
k l v s u e g m d n z l x
r e y f y b j a u k a c t
w r a a x r b t o g c i p
q t j d k h h v n t g a o
m s o a k a x i w v q s j
a e t p t m t f z d t j s
l k f c p h l x g r v a z
l i h m g h j k i t o s e
a f s i o r h c z p n l t
r y n i q b h x v a d w u
d a r r u b a k o o k e i
```

jackdaw
jay
kestrel
kookaburra

mallard
nightingale
nuthatch
ostrich

ANIMALS IN ENGLISH LOGIC PUZZLES

Birds 3

jackdaw
jay
kestrel
kookaburra

mallard
nightingale
nuthatch
ostrich

Birds 4

```
t o r r a p t a u y
r t q g c l w h f n
p t e x d w r n u i
e w n e m o j a k u
a o q a k z p r e g
c s e b s a j i z n
o q u g h a r p s e
c w d r x a e a h p
k u g x c q p h p v
p e l i c a n m p w
```

owl
parakeet
parrot
peacock

pelican
penguin
pheasant
piranha

Animals in English Logic Puzzles

Birds 4

```
t o r r a p t a u y
r t q g c l w h f n
p t e x d w r n u i
e w n e m o j a k u
a o q a k z p r e g
c s e b s a j i z n
o q u g h a r p s e
c w d r x a e a h p
k u g x c q p h p v
p e l i c a n m p w
```

owl
parakeet
parrot
peacock
pelican
penguin
pheasant
piranha

Birds 5

```
t w o r r a p s r
b x w q l k o o e
f k s o n s o h b
m r w q l s d e t
c o a n t l a g o
p t n e i k a y k
s s r a v e n w i
n i b o r c m j s
e v t o s w i f t
```

raven
robin
rooster
sparrow
stork
swallow
swan
swift

Animals in English Logic Puzzles

Birds 5

raven
robin
rooster
sparrow

stork
swallow
swan
swift

Birds 6

```
o e m q a n r s f v z w
p x i t t y l g v b h c
j u v i u a e u k r r c
f d h p w r l j e z u n
y o b m j t k k t x a y
f z h s u l c e d p v k
t b c r q e j e y b m l
i r e k p w f p y s n z
t i u d n o c a n m r d
t x o e s h b g i u o f
p o r z w v c y q e d m
w w f k i o v j x w e g
```

tit
turkey
vulture

woodpecker
wren

Animals in English Logic Puzzles

Birds 6

o	e	m	q	a	n	r	s	f	v	z	w
p	x	i	t	t	y	l	g	v	b	h	c
j	u	v	i	u	a	e	u	k	r	r	c
f	d	h	p	w	r	l	j	e	z	u	n
y	o	b	m	j	t	k	k	t	x	a	y
f	z	h	s	u	l	c	e	d	p	v	k
t	b	c	r	q	e	j	e	y	b	m	l
i	r	e	k	p	w	f	p	y	s	n	z
t	i	u	d	n	o	c	a	n	m	r	d
t	x	o	e	s	h	b	g	i	u	o	f
p	o	r	z	w	v	c	y	q	e	d	m
w	w	f	k	i	o	v	j	x	w	e	g

tit
turkey
vulture
woodpecker
wren

Butterflies

```
k o d l i a t w o l l a w s f j h b
n v u y e p i q y c m o b x j h p q
s d n l a r t v f e k u g w z e g v
p h y j a i u k l s d x b w a z r t
s i l k w o r m i k a x g c z t u s
q l e r y c o b n d w m o p c n o b
t p i z m q j s w u y c a x r f h d
e l v k z q j f b i k u s l h v p r
w y k t n d c e a b o x a b x d e w
f a n m y v l h u k z r j s c q i r
g u t j q c b t d k i v e l o i s a
w y x h f m t z r m j v q i b f d m
h n l k u e t z d w a c x o p s e y
u w a g r p d a v m e i c r k h j f
y o l f z b d n e b k i h f o v q j
c g l d w e r t s z l y n u a x k w
z y l o r j b f t h r m q n y d a p
c s x g i v e n o f a d g z c x y t
```

peacock butterfly   silkworm
red admiral   swallowtail

ANIMALS IN ENGLISH LOGIC PUZZLES

Butterflies

```
k o d i a t w o l l a w s f j h b
n v u y e p i q y c m o b x j h p q
s d n l a r t v f e k u g w z e g v
p h y j a i u k l s d x b w a z r t
s i l k w o r m i k a x g c z t u s
q l e r y c o b n d w m o p c n o b
t p i z m q j s w u y c a x r f h d
e l v k z q j f b i k u s l h v p r
w y k t n d c e a b o x a b x d e w
f a n m y v l h u k z r j s c q i o
g u t j q c b t d k i v e l o i s a
w y x h f m t z r m j v q i b f d m
h n l k u e t z d w a c x o p s e y
u w a g r p d a v m e i c r k h j f
y o l f z b d n e b k i h f o v q j
c g l d w e r t s z l y n u a x k w
z y l o r j b f t h r m q n y d a p
c s x g i v e n o f a d g z c x y t
```

peacock butterfly
red admiral
silkworm
swallowtail

Fishes and Marine Animals

v	h	o	f	p	u	r	w	t	a
e	c	y	g	j	l	b	k	l	d
z	e	b	a	r	c	p	e	o	t
h	e	z	d	k	s	b	r	i	m
a	l	r	l	j	r	u	g	a	x
y	n	n	a	a	j	w	r	b	c
y	o	l	b	c	e	i	g	m	k
h	s	c	o	z	t	f	x	a	e
f	y	d	m	r	x	w	t	u	v
l	g	o	l	d	f	i	s	h	c

barbel
carp
cod

crab
eel
goldfish

Animals in English Logic Puzzles

Fishes and Marine Animals

v	h	o	f	p	u	r	w	t	a
e	c	y	g	j	l	b	k	l	d
z	e	b	a	r	c	p	e	o	t
h	e	z	d	k	s	b	r	i	m
a	l	r	l	j	r	u	g	a	x
y	n	n	a	a	j	w	r	b	c
y	o	l	b	c	e	i	g	m	k
h	s	c	o	z	t	f	x	a	e
f	y	d	m	r	x	w	t	u	v
l	g	o	l	d	f	i	s	h	c

barbel
carp
cod

crab
eel
goldfish

Fishes and Marine Animals 2

y o f c p r h b u t q
j l j a d a v z e i n
x e w m l g m a k t w
o z l i p e r c h r b
f h b l x k o q e w a
e u u h y d y t r n t
t o l b d f s j m i k
z d z a n b i o v t m
h r h x o l f s a s c
i u b l j b q w h m f
t v e k i p z e a p l

haddock lobster
halibut perch
jellyfish pike

Animals in English Logic Puzzles

Fishes and Marine Animals 2

y	o	f	c	p	r	h	b	u	t	q
j	l	j	a	d	a	v	z	e	i	n
x	e	w	m	l	g	m	a	k	t	w
o	z	l	i	p	e	r	c	h	r	b
f	h	b	l	x	k	o	q	e	w	a
e	u	u	h	y	d	y	t	r	n	t
t	o	l	b	d	f	s	j	m	i	k
z	d	z	a	n	b	i	o	v	t	m
h	r	h	x	o	l	f	s	a	s	c
i	u	b	l	j	b	q	w	h	m	f
t	v	e	k	i	p	z	e	a	p	l

haddock
halibut
jellyfish
lobster
perch
pike

Fishes and Marine Animals 3

e	t	w	m	a	p	j	o	q
g	x	z	e	i	n	b	l	h
v	c	f	u	c	r	a	y	k
p	y	x	i	s	i	e	j	l
w	h	f	c	a	m	a	v	g
s	c	a	l	l	o	p	l	z
s	a	l	m	o	n	n	b	p
i	q	j	w	a	o	t	p	c
s	a	w	f	i	s	h	z	p

plaice
ray
salmon

sawfish
scallop

ANIMALS IN ENGLISH
LOGIC PUZZLES

Fishes and Marine Animals 3

e t w m a p j o q
g x z e i n b l h
v c f u c r a y k
p y x i s i e j l
w h f c a m a v g
s c a l l o p l z
s a l m o n n b p
i q j w a o t p c
s a w f i s h z p

plaice
ray
salmon
sawfish
scallop

Fishes and Marine Animals 4

g	z	x	k	s	q	o	j
l	d	a	y	i	v	m	h
p	m	i	r	h	s	s	s
w	p	b	q	r	h	l	h
x	o	k	j	a	i	c	e
d	g	n	r	t	m	s	l
e	f	k	y	d	w	v	l
o	f	r	t	r	o	u	t

shark shrimp
shell trout

Animals in English
Logic Puzzles

Fishes and Marine Animals 4

shark shrimp
shell trout

Insects

```
s x w q d n v j l r b h g
i c o e t z u f p a m a y
e e b e l b m u b l z e c
b a m d n s c y g l j q e
j x y y t d o f w i v e q
a r l m h i c l c p b b d
j s f b w g k c e r d n i
m h n e f v r p k e z r h
v t o e w y o b z t q x p
j n g t l c a g f a i m a
p a a l e k c t d c u z g
b w r e f r h c m x i v q
y v d l a o r e h b c x m
```

ant
aphid
bee
beetle

bumblebee
caterpillar
cockroach
dragonfly

Animals in English Logic Puzzles

Insects

ant
aphid
bee
beetle
bumblebee
caterpillar
cockroach
dragonfly

Worms

```
e r i p b y v x w d g a g
u o h c j q z l k t r f s
h t v k p u o l y x a a d
a a y r z q b j l w s v h
r g j h l v z o f d s r p
v y m w l r t c d b h a a
e r n j e a c t a o o l q
s v l u b m d f g g p y z
t v n j l x s y b f p y f
m u e s u o l t b k e r l
a f k o u b q c a u r r y
n w v y h a e l f z g l x
o m q k l c u z v t n a s
```

flea
fly
gadfly
grasshopper

harvestman
ladybug
larva
(pl. lice)

ANIMALS IN ENGLISH LOGIC PUZZLES

Worms

flea
fly
gadfly
grasshopper

harvestman
ladybug
larva
(pl. lice) (louse)

Insects 3

```
w m e v z q x t h g f
k b o d m u p r j d c
n i y a e i w a s p a
x p t y h p d l v m o
e h i k z t i g w q x
e s l t t i o l e o d
u f a o n b r m l j m
k l m g q y d i o i w
a x k g r h m z p s m
g u j a c n y p p b m
j e i m t w o h h v k
```

maggot
midge
millipede

moth
nymph
wasp

Animals in English Logic Puzzles

Insects 3

```
w m e v z q x t h g f
k b o d m u p r j d c
n i y a e i w a s p a
x p t y h p d l v m o
e h i k z t i g w q x
e s l t t i o l e o d
u f a o n b r m l j m
k l m g q y d i o i w
a x k g r h m z p s m
g u j a c n y p p b m
j e i m t w o h h v k
```

maggot
midge
millipede
moth
nymph
wasp

Mammals

```
c b e a v e r h k a x
d f b a t r k c r a t
j b u q n c o m q n f
m h u l z l a a o t a
d x y t l d e n c e x
k y v u i f r t q l b
d n b l m e r e u o h
o t l v g d q a k p y
o o l d w j e t a e g
m b a c r g r e e t y
q b e a r f b r w v i
```

anteater
antelope
armadillo
badger

bat
bear
beaver
bullock

Animals in English Logic Puzzles

Mammals

```
c b e a v e r h k a x
d f b a t r k c r a t
j b u q n c o m q n f
m h u l z l a a o t a
d x y t l d e n c e x
k y v u i f r t q l b
d n b l m e r e u o h
o t l v g d q a k p y
o o l d w j e t a e g
m b a c r g r e e t y
q b e a r f b r w v i
```

anteater
antelope
armadillo
badger

bat
bear
beaver
bullock

Mammals 2

```
a x g m l j k b y h u d
r s r p c l n t d k n e
e w c t e a t h j u w l
e s h y n q r m h e x i
d p i f i a n s z j t c
x u m n r k h s o g w e
v m p l i c g p k e f s
l b a v a h f i e m o h
e y n d l w p x r l x n
m w z h z k y l l c e t
a g e d v j a q o b l o
c p e e v m b z j d q d
```

camel
chimpanzee
dachshund
hart

dolphin
elephant
moose
fox

Animals in English Logic Puzzles

Mammals 2

camel
chimpanzee
dachshund
hart (deer)

dolphin
elephant
moose (elk)
fox

Mammals 3

```
l k j v i b g c p m o r f
a z e f f a r i g u a s g
w x a y e r a h z e k o g
c o v q u i s r b n a g u
r n d i w y p y g t e e i
x m t v k z l c q u f r n
r l d j q z h b e w s b e
e m x k z u a p l a g i a
z s a i b r m j l w c l p
h d r n u g s x e y p e i
v g l g s b t d z e p m g
w q x u j k e t a z f y i
f i h n u x r s g o a q p
```

gazelle
gerbil
giraffe
goat

grizzly bear
guinea pig
hamster
hare

Animals in English Logic Puzzles

Mammals 3

gazelle
gerbil
giraffe
goat

grizzly bear
guinea pig
hamster
hare

Mammals 4

```
c l y n x m v t g m
j p n e r a h i o a
d s x e b l b p h m
v t y c i r n a e m
u g q h w o l e g o
j z n b o t i m d t
x n o i l r h a e h
u a m a l l s d h t
a m z b y a n e y h
q x l s i o e f r k
```

lion   hyena
hare   llama
hedgehog   lynx
horse   mammoth

Animals in English
Logic Puzzles

Mammals 4

```
c l y n x m v t g m
j p n e r a h i o a
d s x e b l b p h m
v t y c i r n a e m
u g q h w o l e g o
j z n b o t i m d t
x n o i l r h a e h
u a m a l l s d h t
a m z b y a n e y h
q x l s i o e f r k
```

lion
hare
hedgehog
horse

hyena
llama
lynx
mammoth

Mammals 5

```
q k o g e u r n a a
v d m e l l j i d p
m m c y r s u n q c
t o g p f e a m k z
o n l s h p t i e b
m g g e v y w t m p
r o d e j s c o o t
a o m i n k u k y u
m s o q k s x n b a
p e f v e s t d h z
```

marmot
mink
mole
mongoose
mouse
mule
otter
panda

Animals in English Logic Puzzles

Mammals 5

marmot
mink
mole
mongoose

mouse
mule
otter
panda

Mammals 6

```
l n z g m g a h k i q s
b e d v i f x t e u p y
c n c t y p a m u p h f
s i m x v s q k o p n a
u p p o n y l m o y a p
p u c b j d h l k z o p
y c v x w q a e x l c a
t r p s v r d k e u z t
a o f i b q n c k o z l
l p v e p g a w x y j b
p d a q h t s t n e j e
v r p r a i r i e d o g
```

hog
platypus
polar bear
polecat
pony
porcupine
prairie dog
puma

ANIMALS IN ENGLISH LOGIC PUZZLES

Mammals 6

hog (pig)
platypus
polar bear
polecat

pony
porcupine
prairie dog
puma

Mammals 7

```
b m r p a n k v g f s y
q o a l e c n n r u z d
x k t w t u h o u f m c
p v r o e r a x o k l g
e p q e y d w e l c s u
e l g i i c r a n j a o
h t o l s n e z q c g r
s w x s v s d l e j u b
n k y t m a r e e q j c
i t m d z x w n e o h p
v y r h i n o c e r o s
s n a m r o i y b c x e
```

racoon
reindeer
rhinoceros
seal

sheep
rat
skunk
sloth

Animals in English Logic Puzzles

Mammals 7

racoon
reindeer
rhinoceros
seal
sheep
rat
skunk
sloth

Mammals 8

```
f e w i c m p n q g
l s w e a s e l z a
o o b z y f b l e t
w o s e x w e p b u
h g e k o r h l r y
q n s s r b f a a k
t o c i r m g d l l
p m u u y o r a z e
w q j r s h h a f o
s u x n k r e g i t
```

tiger
squirrel
weasel
whale

wolf
zebra
mongoose
horse

Animals in English Logic Puzzles

Mammals 8

```
f e w i c m p n q g
l s w e a s e l z a
o o b z y f b l e t
w o s e x w e p b u
h g e k o r h l r y
q n s s r b f a a k
t o c i r m g d l l
p m u u y o r a z e
w q j r s h h a f o
s u x n k r e g i t
```

tiger   wolf
squirrel   zebra
weasel   mongoose
whale   horse

Molluscs , Mollusks

j	d	m	u	i	a	s	y	b	g
s	s	l	u	g	f	w	s	x	k
r	k	l	e	o	c	c	x	d	c
u	i	s	s	q	s	j	y	h	l
p	v	g	u	u	r	t	f	a	i
m	n	v	l	l	d	q	f	c	a
y	z	l	r	n	l	b	x	k	n
h	o	p	e	g	o	o	w	g	s
m	u	w	p	q	v	e	m	l	j
z	y	x	o	t	c	f	n	i	m

Molluscs
Mollusks
slug
snail

Animals in English Logic Puzzles

Molluscs , Mollusks

j	d	m	u	i	a	s	y	b	g
s	s	l	u	g	f	w	s	x	k
r	k	l	e	o	c	c	x	d	c
u	i	s	s	q	s	j	y	h	l
p	v	g	u	u	r	t	f	a	i
m	n	v	l	l	d	q	f	c	a
y	z	l	r	n	l	b	x	k	n
h	o	p	e	g	o	o	w	g	s
m	u	w	p	q	v	e	m	l	j
z	y	x	o	t	c	f	n	i	m

Molluscs   slug
Mollusks   snail

Reptiles

```
x s i w c b z u p v h t n a f q m o
c e g b k n o e l e m a h c p s n r
r z y o u c i e d j f x q t b w j g
o u m a x f s w b t k p q c v n h z
c i o y e a r s x o b u n a t c p l
o y g e c o p p e r h e a d e p d y
d m c o n s t r i c t o r s n a k e
i t r j w r i q g m h h l d t b p v
l j k o s o f n y c t a v u h k w e
e j n t w m o l y s u d f p q g z k
c r h p f d i u v x o t l a d k y a
n b m g q o n w z c m l c s f z p n
u k w g a h v i e n n q o d i j m s
r z b k y x m j l i o n o v c q p l
u w f e l a d h y b t g t b x h m a
e q n s z d f p r c t v k i u o y r
v u j f s w d i o z o k m r x p n o
e g a q h c u w f e c c j o s g h c
```

blindworm
boa
chameleon
constrictor snake
copperhead
coral snake
cottonmouth
crocodile

Reptiles

blindworm
boa
chameleon
constrictor snake
copperhead
coral snake
cottonmouth
crocodile

Reptiles 2

```
e t p z a h m x q k f n d l i z a r d l w v y r
i u h w c y i z v f o n j a d q t p x g r u l k
e e k a n s e l t t a r k c a b d n o m a i d e
b z t y e w o j d u s l k a f c p h e m z q k b
t y w x g r i v m f b q o z p h k t s v c a l n
g w r e i d a y j u p g d m c u s q v l n f y z
e a b o x h w t j r n k d r h j z e x s b g w i
q n l r e d n a m a l a s c f c e l e q b z g y
g u m n r h x j k s v i t w a p v l a j e u r p
i x b m w c f o n d s y u q h z t t i g a j t d
u m w f k a b x n v z e h s c t l y r n z v h s
u f p e g m r j n t d c o l a w y k a b i a m o
n o h t y p l q v x c k s r d z t e h p f j b r
m d b n s x k e j a l r e w v f p u t q z o c y
i g x d a s m o l v n v z t w i f k e h u r g b
y c j q c d o j r x a i m l q y s g h b v p w k
f t n a e u x v s j f l o k c e g c w e i r m q
n y p d b h o g o k s l w j d t r u p q v b c i
f a o x n g y m m e v c t z p w g x f r k l m s
y a d b u h o n j q i e i w l n x a j y z g p f
e b r e k a n s s u o m o n e v v l m o c s b t
q n x d j u i p y a r e g k h w c q s l r w t n
p s u o n o s i o p u a o x m j h b f d l b j k
p e t n h y q x g o m z a v u w s r i c i k q s
```

diamondback rattlesnake
gecko
iguana
lizard
Mojave rattlesnake
poisonous
venomous snake
python
salamander

Reptiles 2

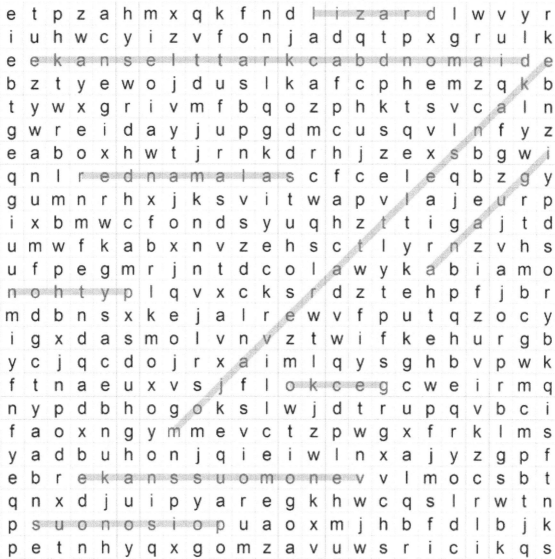

diamondback rattlesnake
gecko
iguana
lizard
Mojave rattlesnake
poisonous
venomous snake
python
salamander

Reptiles 3

```
i n f o y k t m b w r h
a a g e k a n s s l d r
e i v l e o h a q j e k
s r t x e y s t u d b p
i u d u t k c w n x s b
o a p a r o a i l i h n
t s r m q t w n q t a r
r p i d x e l w s e y b
o s l f d v m e w a m i
t g u i c b z v t y e j
k h s q n r e h t u o s
b j e p a l x o f c v w
```

saurian
sea snake
sidewinder
snake
turtle
tortoise
Pacific rattlesnake

Animals in English Logic Puzzles

Reptiles 3

saurian
sea snake
sidewinder
snake

turtle
tortoise
Pacific rattlesnake (Southern)

Worms

```
t m k l a x w s h b q
g r u c v d n p y e z
j o f e u x a v a h b
d w e i m r c r c q k
o d g w p h t e r h c
b n y e z h e j p l t
f u n w w l o s k u i
v o f o s m r o w j g
w r r b x h a t i u e
c m m r o w e p a t b
a k o q i u z g n x e
```

tapeworm
leech
earthworm

round worm
Worms

ANIMALS IN ENGLISH
LOGIC PUZZLES

Worms

t	m	k	l	a	x	w	s	h	b	q
g	r	u	c	v	d	n	p	y	e	z
j	o	f	e	u	x	a	v	a	h	b
d	w	e	i	m	r	c	r	c	q	k
o	d	g	w	p	h	t	e	r	h	c
b	n	y	e	z	h	e	j	p	l	t
f	u	n	w	w	l	o	s	k	u	i
v	o	f	o	s	m	r	o	w	j	g
w	r	r	b	x	h	a	t	i	u	e
c	m	m	r	o	w	e	p	a	t	b
a	k	o	q	i	u	z	g	n	x	e

tapeworm   round worm
leech   Worms
earthworm

www.ingramcontent.com/pod-product-compliance
Lightning Source LLC
LaVergne TN
LVHW072203150125
801423LV00032B/1303